ÉMILE BERGERAT

HYMNE

A LA FRANCE

PRIX : 50 CENTIMES

PARIS

ALPHONSE LEMERRE, ÉDITEUR

47, PASSAGE CHOISEUL, 47

1871

HYMNE

A LA FRANCE

ÉMILE BERGERAT

HYMNE

A LA FRANCE

PARIS

ALPHONSE LEMERRE, ÉDITEUR

47, PASSAGE CHOISEUL, 47

—

1871

A MON AMI

ÉMILE COLLET

HYMNE

A LA FRANCE

I

O France, ô mon pays, ô terre d'allégresse

En qui les dieux païens nous ont rendu la Grèce,

Les dieux chrétiens, le Paradis ;

Reine de l'idéal, que des rois d'industrie

Convoitaient courtisane et nous laissent patrie,

France, que l'on prétend flétrie ;

Moi, je t'aime, et je te le dis !

II

Je t'aime, ô ma Vaincue, et mon orgueil t'appelle
De tous les noms flatteurs que le plaisir épelle
    Et qu'en rêve nous bégayons ;
Lorsque ton mâle accent caresse mon oreille,
Mon âme se détache et s'envole, pareille
    A l'enfant qui poursuit l'abeille
    Parmi les fleurs et les rayons.

III

Sans toi l'aurore n'est qu'une écharpe perdue ;
Le printemps sans objet erre dans l'étendue ;
    La brise souffle sans dessein. —
L'univers n'a le droit de se regarder vivre
Que lorsque tu t'endors, le coude sur un livre,
    Ayant usé l'or et le cuivre
    Pour les parures de ton sein.

IV

Dans l'ombre où le Soleil se baigne et se répare,
Il attend que ton ciel repasse, et se prépare
    A t'y posséder à plaisir,
Et, remplissant encor tes nuits enchanteresses
Du parfum reposé de ses chaudes ivresses,
    Ne leur laisse, entre deux caresses,
    Que l'interrègne du désir.

V

Le vent sombre et mortel qui rayonne des pôles
Adoucit son haleine en touchant tes épaules,
    Et l'Hiver, ton vieil amoureux,
T'épargne le baiser de sa barbe robuste
Et n'en laisse tomber de neige que tout juste
    Ce qu'il faut pour mouler ton buste
    Sans glacer ton sang généreux !

VI

Terre où tout fructifie et jusqu'à la paresse,

Que le vent fertilise et que l'engrais oppresse,

Qui, pour un choc, rends un héros ;

Où la pauvreté rit même de ses guenilles,

Où la volupté flotte à toutes les charmilles,

A tous les cils de jeunes filles,

A tous les becs de passereaux ;

VII

Éden où tout Olympe a quelque pied-à-terre ;

Où l'exilé bâtit son exil volontaire ;

Temple, qui peux seul contenir

Un' peuple dont l'histoire est le roman du monde

Et prépare une Bible en Sinaïs féconde

A la prophétique faconde

Des apôtres de l'avenir !

VIII

France que Dieu pétrit de la fleur de sa boue,
Et posa, comme on niche un signe sur la joue,
    Au coin de l'œuvre de limon;
Perle de cet écrin dont la splendeur l'atteste
Et ferait inventer quelque fable céleste
    D'un Dieu réalisant d'un geste
    Le séjour rêvé d'un démon!

IX

Que te manque-t-il donc, ô beauté trop parfaite?
Ta grâce s'embellit encor de ta défaite
    Et ton malheur de ta fierté!
France! écoute le vœu d'un pauvre enfant qui t'aime; —
Il ne manque, ô patrie, à ton front qu'un baptême,
    Qu'un fleuron à ton diadème,
    A ton cœur que la liberté!

X

Qu'as-tu besoin de rois, n'as-tu pas tes poëtes?

Chercheras-tu toujours l'époux que tu souhaites

Parmi les hercules hâbleurs?

Seras-tu toujours femme, ô reine familière?

Et voudras-tu toujours, ô France de Molière!

Vivre battue, en être fière,

Et rire d'amour dans les pleurs?

XI

Ah! cesse d'éblouir ta bêtise idolâtre

Par la pourpre où se drape un fantoche bellâtre,

Qui te gruge nonchalamment!

Cesse de profaner l'honneur de tes délices

Avec ces bateleurs de sceptre, à cheveux lisses,

Qui te vendent dans les coulisses

A quelque banquier allemand!

XII

Viens! reprends à deux mains ta jeunesse immortelle!
Prends ton courage et ton malheur! Sors de tutelle;
  Et reviens à nous qui t'aimons!
Les poëtes sont ceux qui connaissent la route,
Qui savent de quel point menace la déroute,
  Et, comme la chèvre qui broute,
  Sentent l'orage sur les monts!

XIII

Viens! nous t'emporterons sur la cime éclatante
D'où librement on voit, et du pas de sa tente,
  Là le Désert — là Chanaan;
A droite les veaux d'or submergés par le sable,
A gauche les raisins monstrueux de la Table,
  Là, l'avenir intarissable;
  Là, l'insatiable néant.

XIV

Viens! tu compareras en leur course sonore
Les côteaux moutonneux qui montent vers l'aurore
    En un frais tumulte d'amour,
Et, dans les stations des calvaires funèbres,
Les générations, ivres de leurs ténèbres,
    Comme ces larves sans vertèbres
    Que torture l'éclat du jour!

XV

Et là, France! dressée au seuil de la nature,
Dénouant tes cheveux, dénouant ta ceinture,
    Et lavant tes bras au soleil,
Les frissons précurseurs d'une amour inconnue
Agiteront les seins de ta poitrine nue,
    Et tu recevras dans la nue
    L'immense baiser du Réveil!

Mars 1871.

Imprimé

PAR J. CLAYE

POUR A. LEMERRE, LIBRAIRE

A PARIS

LIBRAIRIE D'ALPHONSE LEMERRE

47, PASSAGE CHOISEUL, A PARIS.

Dernières publications.

LA POÉSIE PENDANT LE SIÉGE :

LECONTE DE LISLE. .	Le Sacre de Paris, 1 vol. in-18.	» 50
—	Le Soir d'une bataille, 1 vol. in-18.	» 50
FRANÇOIS COPPÉE. .	Lettre d'un Mobile breton, 1 vol. in-18.	» 50
ÉMILE BERGERAT. . .	Les Cuirassiers de Reichshoffen, 1 vol. in-18	» 50
—	Le Maître d'école, 1 vol. in-18.	» 50
—	Strasbourg, 1 vol. in-18. . . .	» 50
—	Hymne à la France, 1 vol. in-18.	» 50
ANDRÉ THEURIET. . .	Les Paysans de l'Argonne (1792), 1 vol. in-18.	» 50
CATULLE MENDÈS. . .	La Colère d'un Franc-Tireur, 1 vol. in-18.	» 50
—	Odelette guerrière, 1 vol. in-18.	» 50
ARMAND RENAUD. . .	Au Bruit du canon, 1 vol. in-18.	» 50
AUGUSTE LACAUSSADE.	Cri de guerre, 1 vol. in-18. . .	» 50
FRÉDÉRIC DAMÉ . . .	L'Invasion, 1 vol. in-18	» 50
FÉLIX FRANCK	La Horde allemande, 1 vol. in-18.	» 50

PARIS ASSIÉGÉ, par JULES CLARETIE, 1 vol. in-18. . . . **3 »**

DE FRŒSCHWILLER A PARIS. — Notes prises sur les champs de bataille par ÉMILE DELMAS, 1 vol. in-18. . . **3 »**

CATÉCHISME POPULAIRE RÉPUBLICAIN, 1 vol. petit in-12, papier teinté. . . . . **» 50**

Sous presse :
POËMES DE LA GUERRE
PAR ÉMILE BERGERAT

Les Cuirassiers de Reichshoffen. — Le Maître d'école. — La Nuit de Versailles. — Bistu! poëme élégiaque. — La Guerre. — Les Deux Mères. — A Strasbourg, 1 v. in-18. **3 »**

PARIS. — J. CLAYE, IMPRIMEUR, 7, RUE SAINT-BENOIT. — [20]

www.ingramcontent.com/pod-product-compliance
Lightning Source LLC
Chambersburg PA
CBHW061526170626

46811CB00004B/1857